AF458334

DE L'ŒUVRE SOCIALE

ET

DE L'OUTIL REPRÉSENTATIF.

> Le gouvernement représentatif doit répondre aux mœurs et aux besoins de la société.....
>
> Les droits et les pouvoirs de tous sont confiés à quelques-uns, qui ne les exercent que dans l'intérêt général. (*Premier rapport sur la réforme électorale*, février.)
>
> Comme c'est pour la société entière que chacun élit, la société, au nom de qui et en faveur de qui on élit, a le droit de déterminer les conditions, etc....
>
> On ne doit jamais perdre de vue que ce n'est que dans l'intérêt de la société, que les électeurs exercent leurs droits. (*Deuxième rapport*, avril.)

PARIS,

A. PIHAN DE LA FOREST, IMPRIMEUR,

RUE DES NOYERS, N° 37.

1834.

Un mot de LYON.

« L'homme a été refait au sang : et le sang porte l'ivresse, cause « le vertige, inocule la rage.

« L'idée ne s'arrête pas devant un torrent ; la passion ne se « noie que dans une mer, de sang. » (*Les Périls du Temps*, 1830.)

La sinistre parole n'a été que trop réalisée.

Là, on se fait un jeu du sang : on joue, non pas au premier sang, au dernier sang plutôt.

Ici, on se fait une joie du sang : on le recueille avec complaisance, jaloux de le jeter à la face de l'ennemi, de noyer l'ennemi en de tels flots.

Où cela va, c'est trop clair : rien moins qu'à l'extermination d'un parti, puis de l'autre ; enfin de tous les partis.

Or, devant cette fatale tendance du siècle, le pouvoir ne sait que lui porter aide, qu'en hâter le terme.

Le pouvoir, autant qu'il paraît, ne se sent pas les droits de père, ne se voit pas des enfans à sa garde.

Il désespère d'être aimé : il se défend d'aimer.

La douceur, dit-il, serait prise pour faiblesse : la loyauté serait payée en perfidie.

La défiance, la rigueur sont ses sauve-gardes.

Malheureux LYON, il t'en coûte l'existence.

Ne parlons pas de la partialité, lors du litige dans la fabrique.

Par deux fois, la sanglante crise éclate.

Que la colère s'égare, que la vengeance s'aveugle, un hasard, un instant en décident.

Mais, s'il y a moyen de se battre, il n'y a moyen de vaincre : chacun le sent bientôt, chacun se repent en l'ame.

Comment donc la lutte se prolonge-t-elle, s'aggrave-t-elle?

Eh ! c'est que la défiance répercute la défiance, que la raideur se reflète dans l'avenir.

C'est que le désespoir court à la mort : ce semble, éprouvant quelque charme, à l'approche du jour de repos.

Point de réticences.

Dans l'état des choses, le pouvoir n'a que le choix, ou d'être paternel, ou d'être mitrailleur.

Faudra-t-il que Lyon le dise une troisième fois ?

Versailles, 17 avril 1834.

Il n'y a point de droit où il n'y a moyen : il y a droit partout où il y a besoin.

Dans la nature, le besoin de vivre constitue le droit de vivre; dans la société, le droit de vivre commande le moyen de vivre.

Ne parlons que des droits sociaux.

Le peuple n'a pas le droit de se gouverner, parce qu'il n'en a pas le moyen.

Le peuple a le droit d'être gouverné, parce qu'il en a le besoin.

Se gouverne-t-il à sa volonté, faute de lumière et de tenue, son être souffre, son destin périt.

Est-il gouverné dans ses intérêts, à l'aide de l'intelligence, à l'abri de la loyauté, son être jouit, son destin prospère.

Voilà le droit social en sa transcendante vérité.

Veut-on descendre de si haut et en venir au droit politique, le voici :

Il n'est que deux droits admissibles, concevables : la souveraineté nationale, et la légitimité royale.

Celle-là dont les racines sont implantées dans la nature même des choses; celle-ci, dont la tête majestueuse ombrage et voile le sol qui la porte.

Sauf que le droit de victoire, de gloire, force le passage, s'installe au faîte.

Ailleurs, néant.

Seulement la loi des lois, la loi qui crée et tue les lois, la nécessité, la fatalité intervient parfois.

Quand éclate la foudre, possible à prévenir peut-être, à retarder du moins, il ne reste qu'à subir.

Pour lors, si cela peut se dire, apparaît soudainement le droit des choses, incontestable, irréfragable.

Le droit des choses est fait ainsi : le droit des hommes est à faire encore.

Les premières paroles dites à ce sujet, se représentent :

« Le droit a sa légitimité native ; le fait a sa légitimité « acquise.

« Le droit a sa légitimité toute faite ; le fait a sa légitimité « à faire.

« Une pareille fin étant imposée, en y manquant, il « se peut que celle-là se perde ; en l'accomplissant, il « se peut que celle-ci se fonde.

« La même loi prédomine : d'un bord, le devoir obli- « geant plutôt que le besoin ; de l'autre, le besoin exi- « geant plutôt que le devoir.

« C'est la loi d'humanité, violée de tout temps, vengée « tôt ou tard. » (*La Loi des circonstances*, *octobre* 1830).

Eh ! bien, la restauration, la révolution, l'une en ayant encouru la peine, l'autre en ayant méconnu la leçon, de même tiennent en mépris l'immuable loi.

Là, l'infatuation enflée du droit royal, ici, la fascination entée sur le droit national, vont droit à l'abîme.

Là, les courtisans, ici les bourgeois, se tenant isolés de tous autres, se tenant clos en eux-mêmes, innocemment de conscience, imbécillement d'intelligence, se font l'État, et font l'État étranger, hostile au pays.

Même cause, même suite : mêmes présages, mêmes paroles.

Dans l'indéfinité des temps, 1827 et 1834 semant de même, recueillant de même, se rejoignent, se confondent.

« Que voyons-nous? Ceux-ci aliénés, exaspérés ; « ceux-là affligés, désespérés. La pensée publique n'est « chargée que de plaintes, que de blâmes : dans cette

« atmosphère embrasée, l'idée fermente, éclate, fou-
« droie » (*Un Autre ministre*, 1827).

De part et d'autre, le pronostic menace, et jette en trouble, et frappe de vertige.

1827 : loi de colère contre la presse ; licenciement de vengeance contre les cris ; censure de rage contre l'opinion ; puis dissolution de démence.

1834 : loi sur les colporteurs d'écrits ; loi sur les réunions de vingt personnes ; lois contre les porteurs d'armes et les auteurs de barricades ; puis accroissement de l'armée, du budget.

Toujours on est en garde, comme en mépris des hommes, jamais en retour sur soi-même : tellement qu'à double titre, de plus en plus les ennemis s'irritent, les neutres s'aliènent, les amis s'écartent.

Par de-là, y a-t-il un avenir accourant en hâte, advenant à l'improviste ? Qui donc y songe ?

Par-dessous, y a-t-il un peuple étant en droit, en besoin, en moyen ? Qui donc s'en doute ?

Et cependant cet avenir, ce peuple sont tout, font tout.

En 1815, c'était une nation en deuil ; en 1824, c'était tout de même.

« En 1827..... la plume hésite. Peut-être la fraction
« dissidente alors si minime, serait aussi minime, mais
« dans le sens inverse. » (*Idem.*)

Effacez le deuil de 1815 : changez le chiffre de 1827 : et voilà le peuple, voilà l'avenir.

Le fait issu de soudaineté, le fait empreint de nécessité, n'est point essentiellement ni solennellement investi du droit ; il lui faut l'acquérir, le conquérir.

Même, pour parler vrai, comme le droit n'est autre que le fait prolongé dans le temps, avant que le fait tourne en droit, le fait présent se voit menacé d'être maintes fois subverti par le fait futur.

Le droit politique est éteint à jamais : le droit moral survit.

Le pouvoir quelconque se donne le droit moral, et de plus la force morale, aussitôt qu'il lui plaît.

Qu'il entende seulement ces paroles :

Maintien, progrès, partage du bien-être : là, est toute morale, toute politique, toute économie.

La tâche est rude : l'œuvre sera lente. Il suffit de l'entamer, de l'ébaucher.

C'est si peu qu'il faut à ce pauvre peuple, délaissé dans l'état de calme, désappointé au terme des crises.

Le peuple a des sens ; il a un esprit, un cœur.

Le pouvoir n'a qu'à se montrer compatissant.

Ici, l'intention sauve au moins pour l'instant : tenant en suspens les haines, mettant arrêt aux craintes, ouvrant voie aux espérances.

L'esprit est apaisé, le cœur est allégé ; même les sens, sous l'influence de l'un et de l'autre, patientent.

L'attente certaine porte repos parfait.

Cependant l'œuvre commence bientôt : car le monde est à refondre ; et si quelque habile ouvrier ne le jette en moule à propos, la lave brûlante débordera, dévastera le sol mis à nu.

Or, le peuple fait corps, comme il fait masse.

Pour la seconde fois, Lyon a manifesté parmi les ouvriers, une patrie exclusive, où tous se dévouent à sa défense, où chacun brave la mort.

On a vu aussi Paris, Bruxelles, Varsovie. Le feu couvait, un souffle l'allume, et l'incendie se propage.

Le *Times* a tout dit : « un vide immense a été creusé entre les extrêmes de la hiérarchie sociale. »

Il semble que le peuple ait horreur du vide : d'autant qu'il est mis à part, il se resserre sur lui-même, se concentre en une masse.

Comme aussi, le peuple se rallie en un corps organique; dont chaque fibre se contracte ou s'épanouit à l'unisson de la fibre consanguine.

Dans son sein, il n'y a propriété que de misère; il y a communauté de misère.

Tel est le fonds social : où la mise de l'un et de l'autre est pareille, où la chance est équivalente entre tous.

Ailleurs, la mise étant si diverse, la chance étant si tentante, les ambitions luttent et se heurtent.

Ici, tout est égal, tous sont solidaires.

Ailleurs, toute mesure en faveur de ceux-ci, excite l'envie et la haine de ceux-là.

Ici, au contraire, tout acte d'équité, toute vue d'humanité, comme elle sert aux uns, plaît aux autres.

D'autant que le pouvoir se comporte sans pitié vis-à-vis du peuple, la pitié s'émeut, s'exalte parmi le peuple.

L'ami, le voisin, le camarade, ressent les souffrances d'autrui, comme par prévision, par anticipation de ses propres souffrances.

Aussi, qu'on fasse quoi que ce soit, pourvu qu'il en découle quelque bien çà et là; partout c'est un bienfait qui sera accueilli.

Il y a plus, il y a mieux peut-être.

Le *Times* parle encore. « Toute sympathie est éteinte entre ceux qui ont du bien et ceux qui n'ont que des bras. »

Sympathie! voilà le mot.

La sympathie agit à la façon de cette rosée du ciel qui vient rafraîchir la terre, au déclin d'un jour brûlant; et que les premiers rayons du soleil aspirent, restituent à la généreuse athmosphère.

Ne s'épand-elle plus d'en haut, elle ne remonte plus d'en bas.

Tel est le cas.

Ainsi sont les révolutions, que les vaincus n'ont plus qu'à maudire, les vainqueurs qu'à se repaître.

Ceux-là sont endurcis par leurs douleurs propres, aux douleurs étrangères : ceux-ci s'enivrent de leur fortune inouïe, et chassent tout souvenir, perdent tout sentiment.

Même, ce n'est pas d'hier, que date l'ère de cette impitoyable turpitude de l'âme.

Avant 1789, au faîte, ne se respectant point, on n'était pas respecté ; ne ressentant plus de sympathie, on n'en rencontrait pas.

Depuis 1814, lors de la résurrection éphémère, sous la robe de parvenus, l'alliance, l'alliage est apparu, de l'intrigue vaniteuse et de la morgue avide.

Certes, ce n'est pas mieux à présent.

Eh ! non, vous n'avez pas affaire à des enfans gâtés, à des enfants ingrats.

Vous-mêmes plutôt, vous êtes des pères dénaturés, vous êtes les vampires de votre sang.

Daignez seulement, non pas vous mettre au niveau, mais vous tenir à portée ; non pas vous comporter mieux, mais vous montrer meilleurs.

Daignez, et vous, chargés du pouvoir, et vous, comblés de fortune, vous appitoyer, vous attendrir, sur ces existences attenantes à la demeure, apparentes au regard, qui, par l'initiative de la nature et par la sanction de la société, n'ont à elles en propre, que travail, douleur, mépris.

Daignez vous rappeler que votre être n'est pas seul sur la terre, pas seul de son espèce, pas seul à titre pareil ; que votre être est poussière comme tout autre, et plus que tout autre est fumée.

Daignez compatir, sympathiser.

Et voyez, à l'étonnement infini qui est ressenti par chacun et répercuté entre tous ; voyez à l'éclat soudain de lumière, qui réveille de la morne nuit du désespoir, comment au préalable des actes, la bénédiction s'élève et la satisfaction se propage.

Le peuple n'exige plus : à peine il attend. Le peuple savoure en repos, tremblant que la chance vague des espérances, vienne à troubler le calme plat des jouissances.

Le monde s'en va : parole en date de 1829; pensée en tête de tant d'écrits.

Les rois s'en vont : les chambres s'en vont.

Celles-ci comme ceux-là mésusant du pouvoir, méprisant le devoir, méconnaissant leurs fins, leurs moyens.

Vient un 10 août, un 18 brumaire, tout aussi bien qu'un 29 juillet.

L'autorité, la propriété courent à leur ruine commune.

L'une et l'autre, faute de sagesse, de prudence; et l'une, faute de loyauté, l'autre de libéralité.

L'autorité, maintes fois supplantée, ne tient plus qu'à un cheveu et entend le tortiller en façon de câble.

A coups de lois, elle imagine se procurer de la force : quand les lois ne font que parler au lieu d'agir.

Avec le mot de droit, elle essaie à se fabriquer des instrumens de défense : quand ce mot n'a plus de sens, qu'à l'idée de chacun.

De même, la propriété, frappée du foudroyant pronostic de l'avenir, passe à l'état de délire.

L'effroi impuissant à se rassurer, tourne en colère, en rage : la faiblesse tente de se dissimuler, derrière la raideur, la dureté.

On se garde de rien concéder de soi-même, de

rien céder aux autres : on fait choix, ce semble, de périr tout d'un coup.

Et comme cela va vite, alors que l'autorité, la propriété ne font qu'une, ne sont qu'une. A défaut de sentir, d'entendre rien au dehors, elles tiennent en égal mépris, et le bon droit et le bon sens.

La chambre en est le siége, le foyer : la chambre se dit, se croit souveraine absolue.

Voyons ce qu'elle est, ce qu'elle fait : voyons quels sont ses titres, ses actes.

Sans cesse, il faut répéter ces simples paroles, tant qu'elles soient comprises à la fin.

« Les députés, les électeurs tiennent leur pouvoir du peuple : les électeurs sont sa pensée pour les choix, comme les députés sont sa pensée pour les lois. » (*M. de Pastoret*, an V.)

Dans la forme, les membres de la chambre sont les députés de l'état fictif, de la société légalement instituée,

Au fond, ils sont les délégués du pays réel, de la nation naturellement constituée.

La représentation est créée, moralement parlant, par le mode de l'élection indirecte : au premier degré, le vœu présumé du peuple ; au second degré, le vote exprimé du corps électoral.

De nécessité, il fallait un intermédiaire entre le peuple et la chambre, entre les représentés et les représentans.

Car le vœu de trente millions d'êtres ne peut

être transcrit et doit être traduit : car le vote de trente millions d'êtres, soufflé à l'ineptie par l'intrigue, ne peut être vrai.

Mais aussitôt l'édifice élevé, l'échafaudage est retiré.

Et les électeurs, mandataires tacites, perdent le pouvoir : et les députés, mandataires patens, ne gardent que le devoir.

Alors, apparaît la méprise, puis le mécompte.

L'esprit humain est sujet à se prendre à l'apparence, à être trompé par la forme : si bien que les députés en viennent à croire bonnement, qu'ils ont le pouvoir de par les électeurs, qu'ils sont en devoir vis-à-vis les électeurs.

Là, est l'arrêt de mort du système représentatif ainsi faussé en son principe, ainsi retourné contre ses fins.

Il ne se peut qu'une nationalité vive et fière, se résigne à subir le joug d'une mesquine oligarchie.

Le peuple, en ses douleurs aiguës, tâte de divers docteurs, tente de divers régimes.

Qu'on n'aille pas se mettre en tête ni que l'amour l'attache à tel médecin, ni qu'il porte foi en telle ordonnance.

Il tâte, il tente, c'est tout.

S'en trouve-t-il mieux ? s'en trouve-t-il pis ?

Au second cas, malheur à qui alluma ses haines et l'enflamma de colère ; à qui le flatta, le leurra d'espérances.

Ses vengeances n'ont ni règles, ni bornes.

Tous les modes ayant été vainement essayés, le pouvoir est usé en son essence.

La routine étant brisée, le prestige étant éteint, surgit le brutalisme des masses.

Puis éclate le despotisme du sabre, dégradé de gloire, dépourvu de génie, promené de l'un à l'autre.

Car il n'y a plus d'homme.

Cela est immanquable, sauf que les députés se tiennent pour les mandataires du peuple seul, du peuple total;

Sauf qu'ils s'astreignent exclusivement à suivre ses voeux, à servir ses besoins: mots synonymes, quant au peuple, qui ne rend en voeux que ce qu'il sent en besoins.

Or, qu'est-ce que ceux-ci, ceux-là?

« N'importent, et les lois politiques, pour qui n'exerce pas de droits, et les lois civiles pour qui ne possède pas de biens, et les lois pénales, pour qui ne commet pas de crimes.

« Quant au peuple, il n'y a qu'une loi : la loi de l'impôt. »

Aussi, de tout temps, en tout lieu, la représentation quelconque était appelée, et seulement appelée au vote de l'impôt.

L'instinct du moyen-âge était plus sûr que le génie du grand siècle : le moyen-âge parlait mal, pensait bien.

Le pays donnait tant au pouvoir, pour tenir le

ménage : au bout de l'an, le pouvoir rendait ses comptes au pays.

Cette idée innée en l'homme, donna lieu à la révolution de 1789, qui lui resta fidèle.

Combien en diffère la révolution de 1830!

Le sol du positif s'échappe sous le pied: l'esprit s'égare dans le vague de l'abstrait.

On ne voit que l'État, être en idée, en rêve: on ne sent pas ses membres, êtres en chair et en os.

Dans ces greniers, sous ces chaumes, sont-ce des citoyens, des hommes? Est-ce de même race, de même sang?

Tout dit non, mille fois non.

La France manque à faire une société, à être une patrie.

Qu'y apparaît-il? Non pas un pays; non pas un peuple; non pas une nation.

En droit, tout pour le peuple, rien par le peuple: tout pour qui a besoin, rien par qui n'a moyen.

En fait, pour le peuple, néant: pour tout le monde, personne.

Que dire? la France est exploitée.

Voilà le grand mot; derrière lequel s'allume la foudre vengeresse, que n'ont à conjurer ni sophismes ni diatribes.

Sans doute, ce fut toujours ainsi: peut-être ce sera toujours ainsi.

Malheur à ceux par qui cela fut: malheur à ceux par qui cela sera.

L'événement est venu et viendra en preuve.

Même, suspendu qu'il est entre le passé et l'avenir, le présent est d'autant plus en péril : n'étant point à couvert sous les titres du passé, et venant comme en récidive au jugement de l'avenir.

La France est exploitée.

Deux parts en sont faites : une masse immense; une mince séquelle : celle-là subissant la contribution; celle-ci recueillant la rétribution.

Là, on débourse : ici, on empoche.

Cette parole triviale rend au vrai le mécanisme de l'économie fiscale et même de l'économie sociale.

Les lois qui font les mœurs, et les mœurs qui font les lois ont pris pleinement à revers, à rebours, les commandemens de la religion, de l'humanité.

Les unes et les autres ont fondé, ont consolidé la tendance de la richesse à l'enrichissement, et de la pauvreté à l'appauvrissement (1).

---

(1) Les classes laborieuses ont été graduellement maltraitées et condamnées au dénuement, au désespoir. (*Chronicle.*)

La tendance du gouvernement est de faire l'homme riche, plus opulent encore, et l'homme pauvre de plus en plus misérable. (*Times.*)

Réforme, tarif du blé, incendie et émeute, ne sont que les cris échappés des bouches de l'hydre de la détresse. (*Courier.*)

Ainsi s'avance l'heure, où il ne sera plus possible aux riches de maintenir leur société, au milieu de cette autre société qui s'agite pour vivre. (*Globe.*)

Les unes et les autres donnent raison où est la force et l'intelligence, donnent tort où est la faiblesse et l'ineptie.

Cette basse-cour, où poulets, canards, pigeons se précipitent sur la pitance quotidienne, les grands faisant ample festin, les petits ne goûtant miette : telle est l'image parlante de la prétendue société.

Aussi le monde s'en va.

Il est question surtout de l'économie fiscale : de laquelle provient le vice le plus odieux, le plus hideux, à laquelle se rencontrent des remèdes plus sûrs, plus prompts.

Le VOTE DE L'IMPÔT : tout est là.

Non pas le vote, quant à la somme à percevoir : mais le vote, quant au mode de répartir.

La marge est ample pour la cueillette de l'impôt : pourvu que les fruits mûrs aient seuls à tomber dans la main du pouvoir ; et que la griffe du fisc n'aille pas endommager l'arbre en arrachant les fruits verts.

L'impôt qui dîme, dans le vrai sens du mot, sur le revenu libre, sur le résidu disponible, est seulement astreint à des règles, n'est nullement restreint sous des limites.

L'Angleterre en donna le mémorable exemple, dans cette guerre à outrance contre la France : que le sentiment de colère fit permanente, au lieu que l'esprit de sagesse l'eût faite intermittente.

S'agit-il de l'ordre public à conserver? C'est le revenu, père de la jouissance, seul exposé aux risques, qui a devoir comme intérêt de fournir la prime d'assurance.

S'agit-il du sol national à préserver? C'est la propriété, mère du revenu, seule placée sur la brèche, qui de même est obligée, est engagée à solder les frais de défense.

Dans l'un et l'autre cas, sauf la classe des ouvriers dont le travail chôme, à peu près les trois quarts de la population vivant aux champs et vivant des champs, sont comme l'âne de la fable :

Me fera-t-on porter double bât, double charge?

Necker a parlé : entend-on Necker?

« C'est selon l'étendue de la portion imposée sur la classe la moins fortunée, que le poids des tributs est surtout aggravant.......

« Le souverain doit tempérer l'effet des inégalités de fortune, en ménageant et favorisant la classe la moins fortunée......

« Partout et sans cesse, la main du souverain s'occupera de protéger et de défendre cette partie de ses sujets, qui ne sait que bénir ou pleurer. » (*Du Subside.*)

Necker a dit encore :

« En Angleterre, la somme des taxes, qui pèsent sur le peuple, est infiniment moins considérable qu'en France. » (*Idem.*)

Il en est de même à présent.

Ici, la gabelle et les aides, à les prendre en

somme, sont autant et plus lourdes qu'autrefois : la capitation ne frappait pas comme l'impôt personnel; la taille ne pesait pas comme le mobilier, les portes et fenêtres, les patentes.

On n'a nullement allégé la charge de l'homme; on a seulement dégrevé le fonds.

Là, au contraire, depuis la paix, plus de trois cents millions d'impôts portant sur l'homme, ont été abolis.

C'est à voir, s'il faut ici se traîner dans le sens rétrograde; tandis que là, on marche dans la voie progressive.

C'est à voir, s'il se peut qu'avec les capitaux et les machines de moins, le prix de la main-d'œuvre, élevé par les taxes, permette d'entrer en concurrence au dehors.

C'est à voir, s'il se doit que l'enfant des champs, qui se nourrit du sol et se vêtit par échange, qui ne connaît ni salaire ni profit, reste écrasé sous la morte charge.

Sinon qu'on vote l'impôt enfin : préalable omis jusqu'à cette heure.

Et qu'on le vote en connaissance de cause; non pas tant sous le rapport de la masse des dépenses, que par comparaison entre tel et tel impôt.

Qu'on le vote, de façon à répartir la somme sur les points, où il y a plus d'aisance personnelle à y satisfaire, et moins de nuisance publique à en résulter.

L'un suit l'autre.

Dans l'état des choses, pas moins que la refonte totale de l'impôt est exigée en droit, est obligée de fait.

A ce sujet, la caste dominante aurait à se défier des fanatiques d'égoïsme (1).

Un des siens a bien parlé, a tout dit :

(*M. Lerminier*, 1832.) « La souveraineté na-
« tionale n'a pas d'autre sens. C'est la déclaration
« que les gouvernemens ne sont que les premiers
« agens des volontés du siècle (des vœux du
« peuple pour mieux dire.) Il dépend d'eux
« d'être de bons serviteurs. »

Voilà qui est vrai : cela seul est vrai.

En droit, la souveraineté nationale est seulement un moyen; car le vote politique ne nourrit pas qui meurt de faim, ne couvre pas qui va tout nu.

La fin réside au contentement des besoins physiques; et ce point effectué, au développement des facultés morales.

En fait, la souveraineté nationale s'exerce

---

(1) (*M. de Remusat.*) « En 1789, il était inévitable que la société renouvelée se fît reconnaître les armes à la main. C'était l'avènement de la classe moyenne, la promotion de la bourgeoisie. » (*7 mars 1832.*)

(*M. Villemain.*) « Le maître du château de Lesdiguières, au milieu de la population, qu'il attachait par un travail utile et volontaire, donna l'idée de la nouvelle influence qui devait remplacer les seigneuries du moyen-âge. » (*22 février 1834.*)

sous une forme idéale et fictive; laquelle est légitime ou illicite suivant les résultats.

Quant à présent, la forme est tellement rétrécie, étriquée, qu'à la fois il devient plus nécessaire et plus difficile qu'elle atteigne, qu'elle aboutisse au fond.

Qu'on mette la main sur la conscience; ou comme la conscience est tant sujette à se laisser induire en erreur par les suggestions instinctives de l'intérêt, qu'on ouvre les yeux sur la nature des choses, sur l'expérience des temps.

Il a été fait, ou plutôt, car nul ne le voulait, ne le savait, il s'est fait une révolution, qui inspira d'abord ces paroles de toute vérité, de toute loyauté.

« Il n'y a plus de rois : puissent les peuples apprendre à s'en passer.

« Les vaincus ont tort : puissent les vainqueurs avoir long-temps raison. » (*Les Nécessités de l'époque*, 1830.)

Qu'a-t-il été fait de cette révolution ? Deux feuilles hostiles, les seules à écouter, à croire, ont rendu les causes, ont rendu les effets (1).

---

(1) Même transformation s'est opérée, depuis la révolution de juillet, dans le langage et les sentimens de toute une classe d'hommes qui n'a pas craint de rallumer, contre le trône de Charles X, le feu des passions démocratiques.

Jusqu'au 30 juillet, pour ces gens-là, tout a été au mieux. Le peuple a fait acte de force et de souveraineté ; le peuple

Ici, le dessein n'est que de répandre la lumière, n'est point de jeter le blâme.

---

a brisé ce qui faisait obstacle à leur ambition ; il a fait justice des mandats de proscription que la légitimité, dans sa défense désespérée, avait lancés contre leurs têtes. Depuis lors, le prisme, retourné entre leurs doigts, ne leur a plus montré que sous un aspect hideux, cette multitude qu'ils avaient provoquée de leurs flatteries et de leurs promesses. On ne veut pas compter avec cette armée de prolétaires, qu'on mit sous les armes pour emporter le Louvre et les Tuileries, et qui parut admirable d'humanité, de modération, de vertu dans le combat ; on veut qu'il n'y ait plus eu de peuple, du jour où il fut permis de prétendre qu'en laissant faire un roi, ce peuple s'était abdiqué dans une dynastie, comme nation souveraine ; et, comme gouvernement de ses propres affaires, dans la capacité électorale attribuée à 160 mille censitaires, représentans métis des déchus de l'ancien régime et des parvenus de la révolution......

Ces honnêtes gens par excellence, ces hommes de bonne compagnie, préoccupés avant toute chose des intérêts de ce qu'ils appellent la société, n'entendaient pas admettre dans cette société une multitude sans intelligence, un peuple effrayant par ses besoins, des barbares en un mot, faits pour assister aux progrès de la civilisation comme à un spectacle, mais non pour sentir l'attrait des jouissances réservées à la bonne compagnie. Si l'on a pris au sérieux les mots de bonheur du peuple, de bien général, de souveraineté de la nation, de gouvernement du pays par le pays, tant pis pour les niais qui s'y sont trompés. (*Le National*, 23 novembre 1833.)

La chambre n'a point réussi à justifier dans l'opinion les complices de l'état de siége ; seulement elle s'est compro-

Pauvres hommes que nous sommes, et les uns ne valant pas mieux que les autres, et tous de même, menés, entraînés par la fatalité ! Viennent lancer la première pierre, ceux-là qui, en cas pareil, eussent agi autrement que ceux-ci.

Le tort n'est pas ici ou là ; il est partout.

---

mise avec eux ; et, en déclarant que les ordonnances du 7 juin étaient dans le droit de la couronne, elle a donné à tous cette pensée, que pour que le droit de Charles X fût reconnu, il ne lui avait manqué que le succès.

Voilà comment s'est altéré dans les esprits ce respect de la légalité et des institutions, sans lequel la société n'est jamais stable. On se plaint aujourd'hui que le désordre moral se voie partout, même après que le désordre matériel a cessé ; nous l'avions prévu. Nous avons averti la chambre l'année dernière de bien peser sa résolution.

Voilà pourquoi on cherche vainement le lien moral qui devrait unir tous les membres d'une même société. Ce lien, des mains imprudentes l'ont rompu. Il n'est que trop vrai que le sentiment du devoir n'est plus nulle part ; que le désordre des idées a succédé au désordre des rues ; que chacun se fait une liberté à lui et un code à son usage : il n'est que trop vrai que la royauté, les chambres, la magistrature, ne sont pas entourées de ce prestige de grandeur qui fait leur véritable inviolabilité. Mais à qui la faute ? Roi, chambres, magistrats, citoyens, tout le monde, à son tour, s'est mis au-dessus de la loi ; tout le monde a invoqué une nécessité supérieure à la règle. La société, aujourd'hui, en porte la peine ; elle n'a foi ni en elle-même, ni en ceux qui la conduisent ; elle est comme une arène livrée aux luttes orageuses des partis. Le plus fort sera le maître, et le droit suivra la victoire. (*Courrier français*, 21 *décembre* 1833.)

Le tort n'est pas d'aujourd'hui ou d'hier; il est du siècle, du demi-siècle au moins.

Le tort vient du cours des choses humaines, de la marche du mouvement social, qui, à certains intervalles, amène une phase anomale, ouvre une carrière difficultueuse à entrer, aventureuse à parcourir.

Le tort vient du destin même, qui, au gré du cercle le plus vicieux, laissa prendre de la force aux choses d'autant que les hommes se dégradaient en faiblesse; et rendit les hommes de plus en plus faibles, d'autant que les choses se montraient plus fortes.

C'est ce qu'il faut entendre, ou périr : comme ont péri d'autres qui n'ont pas su l'entendre.

Or, faites le compte.

D'un bord, en bourgeois, 500,000 familles; en électeurs, 100,000; en éligibles, 10,000; en élus des colléges, 500; en promus à bonnes places, 100 :

Toutes ces familles, envieuses l'une de l'autre, ambitieuses au-dessus de toute portée, vaniteuses hors de règle et de mesure.

De l'autre bord, en citoyens, car ce nom tutélaire leur est dévolu, leur reste exclusif, au moyen du malencontreux choix du nom de bourgeois; en citoyens, 6,000,000 familles.

Se peut-il que par la grace d'une révolution faite par hasard ou du moins par autrui, ces 500,000 familles viennent à supplanter, à remplacer les 200,000 anciennes familles ; en ce qu'elles prenaient et tenaient depuis des siècles, à titre de droits privilégiés ?

Se peut-il surtout, que bien au-delà de celles-ci qui n'avaient qu'à se traîner dans l'ornière dès long-temps creusée ; celles-là aient à s'exercer à leur profit, à leur plaisir, dans le vague espace maintenant alloué au mouvement social ?

Se peut-il enfin, qu'à peu près la population totale, si elle a secoué tel joug, ce soit pour se soumettre à tout autre joug ; et si elle s'est adonnée aux espérances, ce soit pour en faire abandon au premier signal ?

Certes, nul ne le croit, sitôt qu'il s'échappe du noir taudis de l'égoïsme ; et qu'il voit les hommes autour de lui, qu'il se sent homme de même qu'eux.

On ne croit pas : on agit comme si on croyait.

Un sort le veut : il est écrit que les annales du siècle ont à s'ouvrir, à se clorre en la même façon.

C'est sa loi qui s'étend en tout point, que le pouvoir tue le pouvoir, que la chambre tue la chambre, que la presse tue la presse, que le jury tue le jury.

Car, qu'on dise ou qu'on fasse, en quoi que ce soit, si l'usage enfante l'abus, l'abus enterre l'usage.

De tout temps, en tout lieu, le droit artificiel et le fait naturel se rencontrent face à face, se tiennent en état de lutte.

Et le droit fait route à l'aveugle, s'emporte de jour en jour, tente de franchir toute barrière, de briser tout obstacle.

Tant qu'épuisé d'effort, énervé de force, un jour venant, le fait d'abord refoulé, bientôt acculé, se retourne enfin, et l'atterre de son aspect, l'écrase de son poids.

Toute leçon est vaine.

Il semblait que le pouvoir transmis par le sang avait à concéder et non à céder, que le pouvoir transféré par le choix ou le sort, avait à céder et non à concéder.

On a changé tout cela.

Il a bien fallu que celui-là cédât et cédât tout : il ne faut pas que celui-ci concède même, concède rien.

Point de concessions au peuple qui s'était fait le maître, dans l'enivrement des espérances ; qui s'est fait des maîtres, sous l'entraînement des promesses.

Point de concessions aux délaissés de nature, aux malheureux de naissance, aux souffrans de l'éternité, aux patiens du droit, de la loi.

Voilà bien les barbares, en rétorquant l'épithète scandaleuse des *Débats*.

Barbarie appelle barbarie : les barbares de presse, de tribune évoquent les barbares de faubourg, de campagne.

Telle est la loi du talion, équitable en principe, désastreuse en conséquences.

Voyez passer les barbares de droit : voyez venir les barbares de fait.

Aujourd'hui les uns pâtissent : demain les autres pâtiront.

Et le pouvoir périssant, tout périt, autorité, propriété, société même : tout périt, les amis d'abord, puis les ennemis vaincus, enfin les ennemis vainqueurs.

Tant le mécanisme social ne tient plus qu'à un fil, qu'à un cheveu.

Oh! que l'orgueil est bête, s'il croit que les mots de droit, de loi, dont le sens a été tué, parlent plus haut que le souvenir des faits, que le sentiment des actes.

Que l'orgueil est bête, s'il croit s'être inoculé le prestige, rien qu'en se revêtissant du titre ; s'il croit s'être fondé dans l'avenir, rien qu'en se posant sur les ruines du passé ; s'il croit s'être emparé des chaînes de la routine, rien qu'en les brisant en mille éclats.

Qu'on laisse le droit; et qu'on laisse le prestige, la routine; et qu'on laisse la force, qui naît ou de l'un ou de l'autre.

Tout cela est néant.

Qu'on aille droit aux cœurs, droit aux esprits, par les seules voies qui y mènent ; à ceux-ci, en se montrant loyaux ; à ceux-là, en rendant heureux.

En Europe même, en France surtout, pour ne rien dire du devoir, le salut gît dans le bonheur du peuple.

D'autant le peuple est appris à juger, est apte à sentir; d'autant, c'est la loi de salut, d'agir en telle façon, que nul autre ne semble en goût, en état de faire plus et mieux.

Comme on en est loin, plus loin de jour en jour.

L'orgueil abolit la mémoire, abat l'intelligence.

On ne se dit pas l'Etat, à l'instar de Louis XIV; on se fait l'Etat, presque à son insu, et comme par instinct.

On se fait l'Etat : dont, en effet, et la gloire, s'il en arrive, et le lucre, s'il en retourne, sont alloués en propriété exclusive, en jouissance immédiate.

Tantôt la peur pousse : et un demi-million d'hommes, un milliard d'écus, de même pris ou surpris en bas lieu, sont jetés aux avant-postes.

Tantôt le crédit flatte : et 90, 60 millions dérobés à qui n'a ni moyen, ni motif, sont mis sur place ou en caisse.

Tantôt Alger charme : et 30 millions puisés à même source, sont expédiés outre mer.

Si bien, qu'en somme, c'est par an, 120 millions peut-être, à payer en pure perte, à faire payer à grand'peine : faisant l'équivalent des impôts, mobilier, personnel, locatif, au-dessous d'une juste limite ; et de la taxe sur les boissons réparatrices; et de la taxe sur l'agent digestif, le sel.

Lesquels impôts et taxes ne manquaient pas

d'être répudiés, faute d'emploi, en l'absence de ces vaines bévues.

Alors que l'œuvre du bien ne s'opère qu'à force de soins, qu'à bout de temps, fallait-il donc effectuer à plaisir, au caprice, l'œuvre du mal.

Au vrai, à ces 120 millions d'épargnes, qui s'offraient d'abord, qui s'offrent encore, une somme à peu près égale de subsides, était appelée à s'adjoindre : celles-là, sans aucun obstacle; ceux-ci, non sans quelque embarras.

La refonte du système fiscal était à entamer à l'abri des épargnes, à achever à l'aide des subsides.

Et la jouissance garantissait l'espérance : entre elles s'intervenait la patience.

Mais non. Rien n'est accordé d'un bord; rien n'est attendu de l'autre.

Les portes de l'enfer du fisc sont chargées de la même devise : *Voi che entrate, lasciate ogni speranza.*

Pourquoi le nier? L'effet moral est accompli; il n'y a plus de confiance.

A cette heure, le retour au bien sera pris pour l'effet de la crainte, sera tenu pour un acte de fraude.

On ne le reconnaîtra pas; on ne s'y reposera pas.

Il est trop tard.,....

Eh! s'il est trop tard aujourd'hui, il sera plus tard demain : d'autant le présent porte moins de garanties, d'autant l'avenir porte plus de menaces.

Qu'on fasse essai.

Qu'on aille au-devant : le trait de colère et de vengeance, bien qu'il éclate de même, sera quelque peu amorti.

Même pour en appeler de l'anathème, pour faire révoquer l'arrêt, la difficulté est en soi, plutôt qu'en tout autre.

Jamais peuples, non plus que femmes et enfans, non plus que chevaux et chiens, n'ont tort.

L'être faible ne se révolte qu'à bout de patience, qu'au terme du désespoir.

L'être fort a à se reprocher de l'avoir poussé à une telle extrémité.

Toujours le pouvoir a tort ; parce que seul il a les moyens, et seul il a les devoirs.

Le vice radical réside dans les agens de l'autorité, chez les gérans de la souveraineté.

Ne se peut-il que ceux-là montrent de la loyauté, que ceux-ci gardent de la libéralité : alors qu'on courbe la tête condamnée.

Car la parole de 1828 est plus décisive encore en 1834 : « La légitimité ne peut se fonder que « sur ces bases : la libéralité dans l'intention ; la « loyauté dans l'exécution. »

Ne se peut-il que le pays cesse d'être exploité ; tantôt par l'avidité des agens, tantôt par la vanité des gérans : alors qu'on attende la hache suspendue.

Car il n'y a pas à se défendre long-temps : et contre les rivaux que tente à l'exemple, l'appétit dévorant ; et contre les patiens qui enfin s'irritent, s'insurgent à tout hasard.

Rien que la terreur est bastante (1).

Mais ne fait pas de la terreur qui veut : l'arme d'Hercule va mal au bras du Pigmée.

Où sont les instrumens? sont-ils à vous?

De la terreur!...... avec la cour de cassation qui brise l'état de siége et réhabilite le *National;* avec le jury qui décerne dix soufflets contre une faveur; avec les tribunaux qui ne sont pas de taille à faire justice.

Il y aurait à se forger des armes à l'épreuve, avant d'entamer le combat à outrance.

Qu'on laisse donc les lois, qui disent qu'on a peur : et c'est tout.

Qu'on en vienne aux actes qui disent qu'on a tort : et ce sera tout.

Qu'on cesse de se faire pouvoir de force, ce qui ne se peut : qu'on commence à se faire pouvoir de grâce, ce qui se peut.

Qu'on s'en prenne à soi-même, à soi seul.

Les rangs ennemis ne deviennent si menaçans qu'en tant que le fol égoïsme y pousse les recrues du désappointement, et que la naïve peur y jette des primes d'encouragement.

Il n'est fait autre chose.

(1) Suivant le journal des *Débats*, il faudra que le pouvoir *se retrempe dans le sang et la dictature* : on ne revient du mépris au respect, dit-il, *qu'en passant par la terreur.* (*Courrier français*, 21 décembre.)

Quant aux agens de l'autorité, à peine d'hier étant revêtus de la pourpre, déja ils font débauche d'orgueil; et demain peut-être devant en être dépouillés, aussitôt ils se font litière de richesses.

Quant aux gérans de la souveraineté, *aux représentans des déchus de la restauration et des parvenus de la révolution* (*National*), ils se font de leur pouvoir, un droit, ils font de leur volonté, la loi.

Là, point de loyauté; ici, point de libéralité.

Ne parlons qu'aux derniers : quant aux autres, ventre affamé n'a point d'oreilles.

Ne parlons qu'à ceux que l'avidité n'enivre pas, et qu'exalte seulement la vanité.

Qu'y a-t-il dans la chambre? devoir absolu, droit relatif.

Qu'y a-t-il dans le peuple? droit absolu, devoir relatif.

Pour elle, plus de droit relatif, au mépris de son devoir absolu.

Pour lui, plus de devoir relatif, au mépris de son droit absolu.

Dès-lors, l'une n'est plus maîtresse et l'autre devient libre : elle commande à tort; il désobéit à raison.

Le droit transmis, à tel titre, en telle vue, s'il se fourvoie, est retiré, est aboli : le droit natif survit seul.

Par exemple, au sujet de l'impôt : paie, dit le

droit éteint : je ne paie pas, répond le droit vivace.

Qui sera le plus fort? le temps ne tardera pas à trancher le doute.

Maintenant, c'est la troupe.

Mais la troupe est de même sang, de même instinct, de même langue.

La troupe, à prendre homme par homme, mange et boit, joue et rit, avec ces hommes qui tous ensemble font le peuple.

La troupe naquit peuple, renaît peuple.

Vienne la victoire, la gloire! comme une part lui en revient, elle se donne corps et cœur, elle s'aliène à merci.

Ne vienne que le droit, que la loi, ainsi dénommés par les exploitans! comme elle n'entend rien au grimoire, elle hésite, s'arrête, se retourne.

Pauvres gens! qu'au jour d'hier, aujourd'hui, se complaisent dans la force, s'abandonnent à sa garde, bravant les périls, aggravant les périls, sans aucun souci.

« La faiblesse, dit-on, perdit le saint roi. Il
« faut déployer la force, exercer des rigueurs,
« jeter l'effroi.

« Eh! la force s'use par son emploi; la force
« tourne au premier jour : l'arme éclate dans la
« main.

« Quant aux rigueurs, cela messied en ces
« temps : injustes et même justes, l'instinct y ré-
« pugne, le ridicule les tue.

« Quant à l'effroi, où est le bras à faire jouer

« le sabre? où est le cœur à nager dans des flots « de sang?

« Contre cette population exaspérée, qu'avez- « vous? qu'êtes-vous?

« La force morale est hostile : la force judi- « ciaire est incertaine. Et d'où vient, à quoi tient la force militaire? » (*Un homme de trop*, 1827.)

Pour traduire l'évidence, l'expérience, en langage vulgaire, ce n'était pas assez, ce semble, d'un 29 juillet.

En tout cas, le canon n'extirpe les idées qu'en brisant les têtes : quelques têtes étant brisées, les idées se rivent d'autant plus en maintes et maintes autres têtes.

Et les idées sont plus vivement tentées de s'élever, de s'insurger contre l'ordre existant; alors qu'un ordre existant aussi, a été foudroyé par les idées.

En vain, on se targue de la différence grande : telle idée juge ainsi; telle idée juge autrement.

Toujours est-il qu'un état de choses a été renversé par un éclat d'idées.

Vraiment, on est saisi d'effroi, à voir jusqu'où va l'effet de l'idée, et d'où vient la cause de l'idée.

Là, rien de moins que la ruine de la société, que le retour à l'anarchie, à la barbarie : ici, rien de plus que le sort aventureux, que le caprice éphémère.

Moralement parlant, le tort n'est pas dans l'insurrection d'un bord, quand de l'autre il y a usurpation.

L'autorité instituée n'a pas recueilli un droit, dont l'abus est plus excusable, moins sensible : elle a été investie d'un pouvoir dont l'usage est précis, est limité.

C'est un premier forfait, si de ce pouvoir omnipotent en fait et subalterne en droit, elle fait des lois, à l'encontre des prescriptions imposées par ses mandataires.

C'est un second forfait, si de ce même pouvoir, elle se fait des armes, à l'encontre de la résistance opposée par ses mandataires.

D'abord, elle aura omis d'accomplir son devoir, envers ceux par qui le pouvoir lui fut conféré.

Ensuite, elle osera se servir de son pouvoir vis-à-vis ceux à qui le devoir l'attache, l'enchaîne.

Dès-lors, la force dite légale, n'est plus que la force matérielle, que la force brutale.

Elle l'emporte un temps ; elle ne triomphe pas au terme.

Tôt ou tard, puissance vient à justice : soit que le mouvement populaire surmonte le mouvement militaire ; soit que celui-ci se rende, et se rallie à celui-là.

Or, représentans, mandataires, députés, peu importe le titre, telle est la loi, de vos consciences, s'il plaît au ciel, et à défaut, de vos destinées.

A faire votre devoir, vous régnez sans péril : à ne faire que votre affaire, vous périssez tôt ou tard.

Vous êtes les gérans ou régens de la grande société nationale, existant à titre solidaire pour les actionnaires votans, et restant en simple commandite, pour les actionnaires non votans :

Les uns et les autres ayant pareil intérêt, quant à la chose commune, ayant intérêt différent, quant à la chose privée : et ceux-là exerçant le pouvoir légal ; ceux-ci possédant le droit moral.

Vous procédez dans la forme, des premiers ; vous êtes engagés au fond envers les derniers.

Vous-même, au titre de régens ou gérans, vous n'avez pas d'être propre, d'être à volonté personnelle : vous n'avez l'être, qu'en fait d'intelligence afin de choisir, et en fait de puissance à l'effet d'accomplir, le bien commun au mieux possible.

Hors de là, apparaît l'arbitraire.

ARBITRAIRE : acte arbitraire qui enfreint la loi ; pouvoir arbitraire qui n'a point de règles. (*Dictionnaire.*)

Il y a arbitraire dans les actes contraires à la loi, aux règles : comme aussi il y a arbitraire dans la loi, dans les règles opposées à l'équité, à la raison.

L'arbitraire est législatif, de même qu'administratif.

Sous le régime absolu, il consiste en ce que la

loi, les règles, violent le précepte moral : sous le régime constitutionnel, il résulte de ce que la loi, les règles violent le principe politique.

Ici, c'est le principe politique, que les régens ou gérans ne sont que les organes des voeux issus des besoins ;

Ou, que la volonté des représentans n'a nullement à s'exercer ; que la volonté des représentés a seulement à être accomplie.

Et dans la grande société nationale, les représentés sont les actionnaires en commandite : dont l'intérêt de chacun est trop minime pour offrir lieu au vote ; dont l'intérêt de tous est tellement immense, que de porter poids au voeu.

Là, gît la loi représentative, loi de devoir, loi de salut.

Qu'on se donne au peuple, on se donne le peuple.

Si lès passions ambitieuses ou cupides en ont tant éloigné ; les cruels souvenirs, les sinistres menaces y ramènent.

Tout a été essayé : rien n'a réussi.

En fait d'ordre et de calme, sous tel mode, telle forme que ce soit, le cours des choses est rétrograde plutôt que progressif.

Aussi, à tort ou à raison pour le moment, et en tout cas à grand risque pour l'avenir, on ne fait que courir de loi de force, à loi de force, que recourir aux actes de plus en plus extrêmes.

L'élément de trouble ainsi comprimé, mais

non étouffé, et plutôt irrité, prépare une explosion d'autant plus formidable.

Il n'y a plus à tenter que de la loi de grace.

Même, ce n'est pas autrement que sera acquis, obtenu, au degré indispensable, le droit de justice.

Tant que le pouvoir se montre personnel, égoïste, encore pendant la crise, il est soutenu; puis au retour du calme, il est blâmé, soupçonné.

Vienne l'émeute, des armes lui sont prêtées: revienne l'ordre, les armes lui sont retirées; le laissant en butte aux complots, le livrant au risque des attaques.

Au contraire, s'il se montre généreux, s'il se rend libéral, on lui porte foi, respect au moins, peut-être amour.

On le met en état de prévenir les périls, de réprimer les tentatives, de punir les méfaits.

Eh! plus qu'on ne croit, il y a de la force dans la vertu, il y a de l'empire dans l'équité, il y a de l'intérêt dans le devoir.

Le mal a son art, d'abord certain du succès, et bientôt s'usant en efforts, et enfin mis à néant.

Le bien a son art, plus lent de marche, et cependant avançant vers le but, et seul se reposant dans le triomphe.

C'est l'arrêt de condamnation, que ce qui fut dit à la première insurrection de Lyon, soit à redire, lors de la seconde.

Est-ce donc qu'on ignore que le temps travaille en l'un ou l'autre sens ; et que s'il ne travaille pas pour, il travaille contre le pouvoir.

Que de temps ! de novembre 1831 en avril 1834 !

« La misère fait mépris de la mort.

« On veut mourir : même on veut tuer. »

« N'est-ce pas Bristol, Lyon surtout ?

« Et Bristol, Lyon, n'ont-ils pas ouvert cette ère dès long-temps prédite, l'ère de conflagration, d'extermination !

« Ah ! vous ne savez pas jusqu'où s'emportera cette « masse mise en mouvement, poussée par l'exemple, « pressée par le besoin ?

« Elle se jettera çà et là ; elle confondra sous sa main « de feu, les fortunes et les existences, les mœurs, les « arts, les talens ; elle dévorera d'un trait, liberté et mo- « narchie, philosophie et religion.

« Enfin, la société sera dissoute ; et le chaos offrira « toutes les forces nues et isolées, se débattant, se dé- « chirant entre elles. » (*Les Prédictions de* 1790.)

« Alors le fait suivit l'annonce ; il la devance, ou la dépasse maintenant.

« L'ame avait épuisé les terreurs, ce lui semblait : la stupeur succède.

« Que de sang coulé ! que de sang perdu ! On tuait, on était tué sans savoir pourquoi.

« Ainsi l'avenir se dévoile.

« Tout ce qui a, tout ce qui est, tombe sous l'anathême.

« Plus de partis rivaux, hostiles, acharnés.

« Rien qu'un parti, qui dévore les autres, qui se dévore lui-même.

« Eh bien! nul ne le voit, ne le sent.

« De toute part, on dissimule mal ses joies, on se laisse aller à l'espoir, on tente de tirer profit.

« Ne parlons pas de ceux-là, qui, ayant peu à perdre et beaucoup à gagner, pèchent moins en inconséquence.

« Mais, que penser de ceux-ci? ou plutôt de telles et telles feuilles, qui se disent les organes, qui se font les trompettes d'une opinion respectable à tant de titres?

« Elles parlent, en tant qu'il leur duit, autant qu'il leur vaut : c'est pur métier.

« .... »

« L'ame et le sens ont manqué.

« D'abord, en ce qu'on a forcé la révolution à contre cœur, à contre sens (1).

« Car, l'ayant faite soudainement, on ne sait qu'en faire; et ne l'ayant pas faite, elle se faisait insensiblement.

« Puis, en ce qu'on se laisse forcer par la révolution, sans voir, sans prévoir rien.

« Au lieu qu'il y avait à l'achever, à l'arrêter à ce point où entraînait la force du mouvement, d'où s'élevait la force de résistance.

« L'ame et le sens ont manqué.

« L'ouïe et la vue manquent-elles aussi? les cris se font-ils entendre? le feu se laisse-t-il apercevoir?

« Bristol! Lyon!.... Cela porte-t-il des paroles, porte-t-il des lumières.

« Oui, pour le jour même, non pour le lendemain.

« D'autant que la peur fut extrême, d'autant la vanité

---

(1) La chambre a forcé la royauté à se suicider..... a forcé la branche aînée à se précipiter dans l'abîme. (*M. Thiers*, 13 octobre.)

se ravivant au déclin du péril, tente de la dénier, de la démentir.

« Si on ne trompe personne, on se trompe soi-même : chose à la fois plus flatteuse et plus périlleuse.

« Allez donc ; mettez en panne, arborez le drapeau du triomphe.

« Avant peu, les mêmes causes survivant, les mêmes effets surviendront.

« Et pour lors, subir, périr, sera la loi.

« Qu'y a-t-il à dire, ou plutôt à faire ?

« Certes, il faut de la force matérielle, seule capable de réprimer.

« Il faut aussi de la force morale, seule habile à prévenir.

« Mais, où la puiser, où la saisir ?

« Tout a été subverti ; tous sont pervertis.

« Religion et famille, principes et habitudes, hiérarchie sociale, opinion publique : telles étaient ses sources, maintenant taries.

« Une nouvelle source ne jaillira que du torrent même qui les a dévorées, du principe de la souveraineté nationale.

« Toutefois en tant qu'il sera appliqué dans la vue d'accomplir la loi d'humanité, loi unique, loi totale. »

A. PIHAN DE LA FOREST, IMPRIMEUR,
Rue des Noyers, n° 37.

www.ingramcontent.com/pod-product-compliance
Ingram Content Group UK Ltd.
Pitfield, Milton Keynes, MK11 3LW, UK
UKHW020454230726
13925UKWH00005B/1933

9 782019 279813